Le prince corsaire

Paul Scarron

Édition et mise en page : Culturea (Hérault, 34)
Retrouvez notre catalogue sur http://culturea.fr/
Contact : infos@culturea.fr
Imprimé en Allemagne par Books on Demand Gmbh
Design typographique et layout : Derek Murphy et Reedsy
ISBN : 9791041998746
Date de parution : Mai 2024
Ce livre :
— a été composé avec une police open source libre de droits dessinée sur Open Fondry
https://open-foundry.com/

— permet de replanter un arbre. SHS Éditions soutient Plantons Pour l'Avenir, fonds de dotation pour le reboisement des forêts françaises
400 projets de reboisement de forêts soutenus depuis 2014 à travers la France
https:/www.plantonspourlavenir.fr/

Note du transcripteur

L'orthographe et la ponctuation sont conformes à l'original. On a corrigé les coquilles les plus probables en signalant le texte original ainsi. Les variantes (tyran/tiran,...) n'ont pas été uniformisées.

Les erreurs probables suivantes n'ont pas pu être corrigées :

Il manque un pied dans les vers suivants :

O ! qu'avec tous soins qui me vont combattant,

Entre un ennemy que la Cypre aprehende,

Surprend, et nous trouble autant que la douleur.

« Dequoy me serviroit » est probablement une erreur dans le vers suivant :

ACTEURS

OROSMANE, Prince Corsaire, Amant de la Princesse Elise, et enfin reconnu, sous le nom d'Alcandre, pour fils de Nicanor.

ELISE, Princesse de Cypre, Maistresse d'Orosmane.

ALCIONE, autre Princesse de Cypre, Sœur d'Elise Maistresse d'Amintas.

AMINTAS, Fils de Nicanor, Frère d'Orosmane, Amant de la Princesse Alcione.

NICANOR, Père d'Orosmane, et d'Amintas, et Oncle des Princesses.

SEBASTE, Confident d'Orosmane.

ARGANTE, Lieutenant du mesme Orosmane.

CLARICE, Confidente des Princesses.

CRITON, Confident d'Amintas.

LICAS, Capitaine des Gardes de Nicanor.

GARDES de Nicanor.

CORSAIRES de la Flotte d'Orosmane.

La Scène est à Papos, Ville de l'Isle de Cypre, dans le Palais.

ACTE PREMIER

Scène première

SEBASTE, CLARICE.

SEBASTE

Vous pleurez un Grand Roy dont les heureuses Armes,
Tenoient la Cypre en paix, et l'Asie en allarmes.
Les Peuples éloignez qu'il vous avoit soûmis,
Las d'estre vos sujets seront vos ennemis.
Le trespas d'un Monarque ébranle ses conquestes,
Et dans l'Etat plus calme excite des tempestes ;
Le vostre se divise en partis oposez ;
Et doit craindre le sort des Estats divisez ;
Mais du Roy qui n'est plus les restes adorables ;
Ces Astres de la Cypre aux Amans redoutables ;
Perdant le Roy leur Pere ont elles tout perdu ?
Leur refuseriez vous le rang qui leur est deu ?
Seriez vous leurs Tyrans, leurs vassaux que vous estes ?
Ou des Filles d'un Roy feriez vous des sujets ?

CLARICE

La Cypre a conservé constante dans la Foy,
Le respect qu'elle doit aux Filles de son Roy,
Et de l'une des deux se va faire une Reine.

SEBASTE

D'Elise…

CLARICE

Jusqu'icy, la chose est incertaine,
Elle aura la couronne épousant Amintas.

SEBASTE

Et ne l'épousant point ?

CLARICE

Elle ne l'aura pas.

SEBASTE

Et qui luy peut ravir un droit en la couronne,
Que sa vertu merite, et que le sang luy donne ?

CLARICE

Quand la mort qui confond les Roys, et leurs sujets,
De Pisandre eut finy la vie, et les projets,
On ne publia point sa volonté derniere,
Son frere Nicanor eut la puissance entiere,
Et son fils Amintas la partage avec luy,
De l'Etat l'un, et l'autre, et la force, et l'appuy :
Pisandre avant sa mort en parolles expresses,
Avoit reglé le sort de nos belles Princesses,
Et cét ordre du Roy caché soigneusement,
Est manifeste à tous d'aujourd'huy seulement,
J'en garde une copie, et je puis vous la lire,

Si vous le souhaittez.

SEBASTE

Je n'osois vous le dire.

CLARICE

J'ordonne que ma fille Elise,
Regne en Cypre apres mon trespas,
Et je veux aussi qu'elle élise,
Pour Espoux le Prince Amintas.
Si méprisant ce que j'ordonne
Sur un Prince estranger elle jette les yeux,
Je veux que sa sœur Alcione,
Espousant Amintas succede à ma Couronne ;
C'est mon dernier vouloir apres celuy des Dieux.
Elise ne s'est point sur son choix declarée,
Encore qu'elle soit de ce Prince adorée,
Et ce fidelle Amant de ce choix incertain,
Attendant son mauvais ou son heureux Destin,
Ne sçait à qui des deux d'Elise ou d'Alcione,
Il devra le bonheur d'une double Couronne ;
Cypre, et la Cilicie, où nous donnons des Loix,
Où Lisandre a vaincu le dernier de ses Roys
Et s'il eust eu du Ciel une plus longue vie,
Il eust poussé plus loin sa conqueste en Asie.

SEBASTE

Des peuples asservis le zele est toûjours feint,
Et naturellement l'on hait ce que l'on craint,
Comme Cilicien je sçay qu'en cette terre
Pisandre eust eu bien-tost à soûtenir la guerre.

CLARICE

Son frere Nicanor politique, et prudent :
Ferme dans ses desseins ; ambitieux ; ardent,

Chef d'un party puissant ; absolu dans les villes,
Peut jetter cét Estat en des guerres civiles,
Si méprisant son fils, et les ordres du Roy,
Elise disposoit du Royaume, et de soy,
Elle est incessamment de Nicanor pressée,
De découvrir enfin sa secrette pensée,
Et pour la découvrir elle a choisi ce jour,
En peu de mots, voila l'Estat de nostre Cour.

SEBASTE

Cét himen peut avoir sa raison politique ;
Elise peut aussi le trouver tirannique,
Si cét objet forcé de son affection,
N'a jamais attiré que son aversion,
Ou si quelque autre amant regne en son cœur fidelle
Amintas pourroit-il estre heureux avec elle ;
Et quand elle tiendroit son sceptre d'Amintas,
D'un époux qui déplaist les dons ne plaisent pas,
Contrainte en son amour, et contrainte en sa haine,
Amante malheureuse, et malheureuse Reine,
D'un choix violenté le souvenir cruel,
Luy feroit de son Trosne un supplice eternel.
Le sceptre, et les tresors qu'apporte un himenée
N'en fait point icy bas l'heureuse Destinée,
On n'est pas moins captif pour l'estre avec esclat,
Et les raisons d'amour ne le sont point d'Estat.

CLARICE

Amintas est bien-fait, genereux ; plein de gloire,
Son bras s'est signalé par plus d'une victoire,
Il est aymé du peuple, adoré de la Cour,
De moindres qualités donneroient de l'amour.
Mais la Princesse vient, retirez-vous ; possible
Vas-je la disposer à vous estre visible.

Scène II

ELISE, CLARICE.

ELISE

Quel est cét estranger ?

CLARICE

C'est un Cilicien,
Pour qui je vous demande un secret entretien.

ELISE

Et que peut me vouloir cét étranger, Clarice ?

CLARICE

Vous rendre à ce qu'il dit un important service.

ELISE

Qu'il vienne ; mais s'il veut quelque grace de moy,
Je n'ay plus de pouvoir depuis la mort du Roy.
Faittes luy donc sçavoir qu'Amintas, et son Pere
Sont aujourd'huy les Dieux que la Cypre revere.

Scène III

ELISE

Princesse malheureuse, et qu'un indigne sort,
Contraint des sa jeunesse à souhaiter sa mort :
Le Ciel ne te fit don d'une illustre naissance,

Que pour faire aux mortels redouter sa puissance,
Il te ravit un Throsne à ta naissance acquis :
De tes propres sujets il fait tes ennemis,
Et du choix d'un Espoux t'ostant le privilege,
Il te rend vers ton Pere ingrate, et sacrilege ;
Mais des ordres d'un Pere on se peut dispenser,
Quand une foy promise, est honteuse à fausser.
On me peut faire choir d'un Trosne hereditaire,
Mais me rendre inconstante, on ne le sçauroit faire :
Je t'aymeray tousiours, soit que loin de ces lieux,
Ton ame dans le Ciel ait place entre les Dieux,
Soit qu'entre les mortels, où tu vis plein de gloire
Tu conserves encore Elise en ta memoire ;
Soit qu'un ingrat oubly la chasse de ton cœur,
Je t'aymeray tousiours d'une constante ardeur,
Prince qui meritois une autre destinée,
Prince le seul espoir d'Elise infortunée.

Scène IV

CLARICE, ELISE, SEBASTE.

CLARICE

Voicy cet étranger.

ELISE

Que voulez vous de moy ?

SEBASTE

Orosmane des Mers le redoutable Roy,
Qui sur mille vaisseaux portant par tout la guerre,

Fait respecter son nom aux Maistres de la terre,
Vous offre sa valeur contre vos ennemis,
Et vingt mille soldats à vos ordres soûmis,
Quand vous l'ordonnerez, d'une puissante Armée,
Vous verrez à l'instant cette ville enfermée ;
Vous verrez les Tyrans qui vous donnent la loy,
La recevoir de vous, et trembler sous mon Roy

ELISE

On a mal informé vostre vaillant Corsaire,
Et son secours icy ne m'est point necessaire ;
Mais d'où peuvent venir les soins officieux,
D'un homme si funeste à la paix de ces lieux,
Plus craint de nos vaisseaux que les plus grands orages,
Qui tient nos ports bloquez, desole nos rivages,
Et qui laissant en paix le reste des humains,
Nous choisit pour l'objet de ses faits inhumains ;

SEBASTE

Orosmane n'est pas tout ce qu'il paroist estre,
Et possible le temps le fera mieux connoistre,
Mais troublast-t'il la Cypre encor plus qu'il ne fait,
Il vous distingue fort de ces peuples qu'il hait,
Il n'est soin ny devoir qu'il ne vueille vous rendre,
Et de fortes raisons (que vous allez apprendre,)
Dans vos seuls interests l'engagent tellement,
Qu'il fait ses ennemis des vostres seulement :
Un Prince incomparable, et dont l'illustre vie,
A vos yeux ses vainqueurs fut tousiours asservie,
Et qui jusqu'au trepas constant en son Amour,
Ne regretta que vous quand il perdit le jour,
Eut long temps la fortune à ses vœux favorable ;
Mais se fier en elle est bastir sur le sable.
Ce Prince malheureux vit son Trosne envahy,
Il fut de ses sujets abandonné, trahy,

Et reduit à la fin de quitter une Terre,
Où tout sembloit d'accord à luy faire la guerre,
Il fonda sur les flots l'espoir de son salut,
N'ayant plus qu'un vaisseau de tant d'autres qu'il eût,
Sa galere en ces mers tombant dans nostre Armée,
Se vit en un moment des nostres enfermée,
Mais luy loing de ceder à l'ennemy plus fort,
De vos meilleurs soldats se fit craindre d'abord,
Et fit seul contre nous en sa seule galere,
Ce que le Dieu de Trace en sa place eust peu faire,
Repoussant plusieurs fois de son bord investy,
Les nombreux ennemis de son foible party.
Orosmane ravy de sa rare vaillance,
Fait cesser le combat ; vers ce guerrier s'avance ;
Luy presente à la fois, et la paix, et la main,
Et ne reçoit de luy que fierté, que dédain,
Il offence Orosmane ; il l'attaque, il le presse,
De tout ce qui luy reste ; et de force, et d'adresse ;
Irrite son courroux par son sang repandu :
Mais foible par celuy qu'il a déja perdu,
Enfin il tombe aux pieds d'Orosmane invincible,
Et trouva son vainqueur à son malheur sensible,
Il s'appelloit Alcandre.

ELISE

Helas ! il est donc mort,
Alcandre ? mon Alcandre.

SEBASTE

Il a changé de sort.

ELISE

Et le fier Orosmane est meurtrier d'Alcandre ?

SEBASTE

Il se croiroit heureux, s'il pouvoit vous le rendre.

ELISE

Helas !

SEBASTE

Alcandre donc ce Prince malheureux,
Expirant, conjura son vainqueur genereux,
Son vainqueur, qu'il voyoit pres de luy tout en larmes,
Maudire ; mais trop tard, ses trop heureuses Armes,
De vous offrir son bras, sa flotte, et son pouvoir,
Et d'appaiser par là son juste desespoir,
De voir ainsi finir son Amour, et sa vie,
Dans un temps où peut-estre il vous auroit servie,
Et c'est d'où sont venus les soins officieux,
D'un guerrier sans pareil qui vous est odieux ;
Mais sur qui vous regnez ; en qui revit Alcandre,
Qui voudroit comme luy pour vous tout entreprendre,
Et de qui la valeur ne veut point d'autre prix,
Que la gloire d'avoir pour vous tout entrepris,

ELISE

Ha plustost qu'un Barbare ait part en mon estime,
Un Corsaire Insolent qui me propose un crime,
Plustost que d'attirer le reproche eternel,
D'armer en ma faveur un bras si criminel,
Que les plus grands malheurs que l'on craint sur la Terre,
Me fassent sans relasche une cruelle guerre,
Que ces mesmes Tyrans, dont trop officieux
Il m'offre d'abaisser l'orgueil ambitieux,
Exercent contre moy toute la violence,
Qu'inspire à des sujets une aveugle insolence :
Hé que peut-il me rendre apres m'avoir osté,
Le seul bien qui manquoit à ma félicité ?

SEBASTE

Orosmane sçait bien que vous estes gesnée,
Dans la libre action du choix d'un himenée,
Qu'il vous fait perdre Alcandre un amant genereux,
De qui le seul defaut fut d'estre malheureux ;
Que tout son sang versé, toute sa flotte offerte,
Peut reparer à peine une si grande perte.

ELISE

Et sçait-il que mon cœur ne peut trop détester,
Celuy qui m'oste Alcandre, et s'en ose vanter ;
Veut-il du sang encore apres celuy d'Alcandre,
Et m'offre-t'il le fer qui vient de le repandre ?

SEBASTE

Orosmane…

ELISE

Ostez vous estranger odieux,
Ce qui vient d'Orosmane est horrible à mes yeux,
Ha ne les ouvrons plus que pour verser des larmes,
Renonçons pour jamais aux objets pleins de charmes,
Donnons nous toute entiere à nos tristes ennuis,
Et faisons de nos jours des éternelles nuicts.
C'estoit donc de nos feux la trompeuse esperance,
C'est donc ce que le Ciel gardoit à sa constance,
Dans un temps où son bras secondant sa valeur,
Estoit prest d'establir nostre commun bon-heur ;
De luy rendre un Royaume usurpé par mon Pere,
Et de me conserver la Cypre hereditaire ?
Ne viens donc plus espoir, de tes trompeurs appas,
Adoucir des tourmens que tu ne gueris pas,
Puisque je pers Alcandre, et que je le veux suivre,
Dequoy peux tu servir à qui ne veut plus vivre ?
Oüy bientost dans le Ciel où tu vis loin de moy,

Je t'y joindray bien-tost pour n'estre plus qu'à toy,
Belle ame qui quittas, et fis tout pour Elise,
Et seule eus le pouvoir d'asservir sa franchise.

Scène V

ELISE, ALCIONNE.

ELISE
O ma sœur ! vous voyez mes yeux moüillez de pleurs,
Ils ne sont point causez par nos communs malheurs.
J'ay pleuré comme vous une perte commune ;
Mais le Ciel ennemy me cause une infortune,
A moy seule funeste, à moy seule à pleurer,
Et que tout son pouvoir ne sçauroit reparer.

ALCIONNE
Le sujet de vos pleurs ne se peut-il apprendre ;
Et le temps, et la part qu'une sœur y peut prendre,
Une sœur qui voudroit tous vos maux partager,
Ne pourront-ils du moins vostre esprit soulager ;

ELISE
Le temps, et la raison quand on pert ce qu'on aime,
Servent de peu de chose en ce malheur extréme,
Et qui peut esperer de s'en voir soulagé,
A merité le mal dont il est affligé,

ALCIONNE
He quoy ma chere sœur, avez vous quelque affaire,
Ou quelque déplaisir que vous me deviez taire ;

ELISE

Ce jeune Cavalier, ce vaillant estranger,
Qui secouant mon Pere en un mortel danger,
Dans ce fameux combat où d'un Prince rebelle,
Rhodes contre Pisandre entreprit la querelle,
Alcandre, Ha ! ce beau nom est tout ce qui de luy,
Peut-estre resteroit sur la terre aujourd'huy,
S'il ne vivoit encore en l'amoureuse idée,
Que pour ce cher amant ma memoire a gardée,

ALCIONNE

Et quoy le brave Alcandre ?...

ELISE

Est le Prince charmant,
Que mesme apres sa mort j'ayme si tendrement,
Peut-estre blasmez vous ma foible resistance ;
Mais si jamais l'amour vous met sous sa puissance,
Si vous sçauez jamais ce que c'est que d'aymer,
Vous me plaindrez ma sœur, au lieu de me blasmer.

ALCIONNE

Pour estre sans amour, on n'est pas sans tendresse,
Et je n'ay jamais crû l'amour une foiblesse,
Mais ce vaillant Alcandre en Cypre parvenu,
Jusqu'où peut s'eslever un merite connu,
Et puis que vous l'aymiez d'une ardeur non commune,
Heureux dans son amour plus que dans sa fortune,
Pourquoy s'esloigna-t'il ? et s'il vous fut si cher,
L'avez vous dû souffrir ?

ELISE

J'eusse peu l'empescher ;
Mais loin de m'opposer au voyage d'Alcandre,

Mon seul commandement le luy fit entreprendre,
Vous sçaurez les raisons de son esloignement,
Et de nos feux cachez le triste évenement.

ALCIONNE

Ne me differez pas cette faveur extrême,

ELISE

Je ne refuse rien aux personnes que j'ayme.
Mon Alcandre estoit donc un Prince malheureux,
Mais qui n'eut pas d'abord un destin rigoureux,
D'une illustre Princesse il receut la naissance,
Et monta sur le Throsne au sortir de l'enfance,
Sa mere eut de l'amour pour un Prince estranger,
Aymable ; mais ingrat ; infidelle, et leger,
Et dont elle se vit depuis abandonnée,
Bien qu'unie avec luy par un saint himenée ;
Mais qui peut s'asseurer d'un esprit inconstant ?
Ce Prince abandonna celle qui l'aymoit tant,
Et luy laissant un fils, cher ; mais funeste gage,
Alla peut-estre ailleurs offrir son cœur volage.
Elle espera long-temps de le voir de retour,
Que n'espere-t'on point, quand on brusle d'amour ?
Mais de son vain espoir enfin desabusée,
Et d'un perfide espoux se voyant mesprisée,
Elle laissa tout faire à sa juste douleur,
Et preste de finir sa vie, et son malheur,
Assembla ses sujets, et leur fit reconnaistre,
Le Fils de son ingrat pour leur souverain Maistre,
Elle meurt, et mourant cache mesme à son fils,
De son Pere inconstant le nom, et le païs,
Elle ne voulut pas qu'apres sa foy faussée,
Un infidelle Espoux d'une Reine laissée,
Sçeust qu'il en eust un fils ; que ce fils fust un Roy,
Et qu'il fist gloire ainsi d'avoir manqué de foy.

Son fils donc luy succede, et son adolescence,
Des Rois les plus prudens égalle la prudence,
Il est brave, il est juste, et de son peuple aymé ;
Il est de ses voisins craint autant qu'estimé.
Mon malheureux portrait le ravit, et l'enflâme,
Il me fait demander à mon Pere pour femme,
Mon Pere le refuse, et mesme avec dédain,
Luy mande sur le bruit de son Pere incertain,
Qu'on peut luy reprocher que la Reine sa Mere,
Fut femme sans espoux, et qu'il est fils sans Pere,
Alcandre refusé ; mais Alcandre amoureux,
Loin de se rebuter d'un refus rigoureux,
Vint en Cypre où l'amour me fit bien-tost connoistre,
Le feu que dans son cœur ma beauté faisoit naistre,
Vous vouliez tout sçavoir, et je vous ay tout dit.

ALCIONNE

Je ne vous quitte pas d'un plus ample recit,
Je veux sçavoir comment vous eustes connoissance,
Du secret important de sa haute naissance,
Mais ne seroit-ce point aigrir vostre douleur ?

ELISE

Un malheureux se plaist à conter son malheur,
Il m'aymoit donc ma sœur, et ne me l'osoit dire ?
Mais sa langueur enfin découvrit son martyre,
Et les tristes soûpirs de son cœur enflâmé,
Le firent soupçonner d'aymer sans estre aymé.
La pitié par l'estime est souvent excitée,
De son mal dangereux la Cypre est attristée ;
En luy l'Estat perdoit un guerrier genereux,
Mon Pere luy devoit plus d'un combat heureux,
Et la cour autrefois pleine de barbarie,
Devoit sa politesse à sa galanterie ;
Pour moy je luy devois des soins, et des respects,

Que sa condition ne rendoit point suspects,
La pitié de son mal dans son mal m'interesse,
Je veux sçavoir le nom de sa fiere Maistresse ;
Je le presse en secret de me le découvrir,
Si j'avois, me dit-il, quelque espoir de guerir,
Vous ne sçauriez jamais que par la mort d'Alcandre
La cause de son mal que vous voulez apprendre,
Le malheureux vous ayme ; à ce mot eschappé,
Déja de vos beaux yeux les foudres l'ont frappé,
Il voit d'un fier dédain s'armer vostre visage,
Et dans ce fier dédain de sa mort le presage ;
Mais ayant obeï si vous l'en haïssez,
Daignez connoistre au moins ce que vous punissez,
Il est Prince Madame, et les Roys de sa race,
N'ont point mis dans son cœur sa temeraire audace
Un feu respectueux, une immuable foy,
Font vivre son espoir plus que le nom de Roy ;
Mais si cét humble adveu de sa flâme insensée,
Paroist un nouveau crime à vostre ame offensée,
Un regard menaçant de vos yeux en courroux,
Le feront à l'instant expirer devant vous,
Lors que j'allois punir ce discours temeraire,
Sa qualité de Roy suspendit ma colere,
Je la sentis s'éteindre au lieu de s'allumer,
Peut-on long temps haïr ce que l'on doit aymer ;
L'union de deux cœurs dans le Ciel déja faitte,
Leur inspire à s'aymer une pante secrette ;
Elle previent leur choix, et tel est son pouvoir,
Que l'on s'ayme souvent avant que de se voir,
J'escoutay donc ma sœur tout ce qu'il voulut dire,
Il m'apprit que l'amour le mit sous mon Empire,
Sur mon simple portrait, sur le bruit de mon nom,
Que vous diray-je encore ; il obtint son pardon.

ALCIONNE

L'orgueil qu'un sang illustre à nos ames inspire,
En vain malgré l'amour veut garder son Empire,
Les soupirs d'un amant agreable à nos yeux,
Triomphent tost ou tard d'un cœur imperieux,
Et selon qu'un amant est capable de plaire,
Il se rend le destin favorable ou contraire,

ELISE

Ha ma sœur ! ce n'est pas ce qui nous rend heureux,
La fortune peut tout dans l'Empire amoureux,
Et souvent son caprice a fait des miserables,
Des plus rares beautez des aimans plus aymables.
Que le calme est à craindre aux plus heureux Amans !
Que leur sort est sujet à de grands changemens !
Le Soleil a deux fois enrichy les campagnes,
Et deux fois a fondu la neige des montagnes,
Depuis qu'amour fait voir entre ce Prince, et moy,
Les plus rares effects d'une constante foy,
Helas ! dequoy nous sert d'avoir esté fidelles ?
En avons nous moins eu de traverses cruelles ?
Un Prince que le Ciel avoit fait si charmant,
Si constant à m'aymer, que j'aymay constamment,
Par un indigne sort, sous une main barbare,
Tombe, et me laisse aux maux que sa mort me prépare.
Ha ! sa perte m'apprend que la fidelité,
Est une vertu vaine, et sans utilité,
Mais il est temps, ma sœur, d'aller où nous appelle
De nos propres sujets, l'assemblée infidelle ;
Allons voir Nicanor, d'un prétexte pieux
Deguiser les desseins d'un cœur ambitieux ;
Et son fils Amintas qu'un mesme esprit inspire,
Couvrir de son amour son dessein pour l'Empire,
Mais leur ambition outre l'ordre du Roy,
Aura besoin encore, et de vous, et de moy,
Si vous voulez ma sœur estre d'intelligence,

Et comme moy contre-eux vous armer de constance,
Nous les obligerons ces Tyrans odieux,
De recourir au crime, et d'offenser les Dieux,
Et peut-estre le Ciel qu'irrite le Coupable,
D'ennemy qu'il nous est, deviendra favorable.

Fin du premier Acte.

ACTE II

Scène première

NICANOR, ELISE, ALCIONNE, AMINTAS.

NICANOR

Madame, je veux bien icy vous repeter,
Ce que dans le conseil je viens de protester,
Que mon fils Amintas vous ayme, et vous adore,
Et qu'il mourra plustost du feu qui le devore,
Que de se prevaloir des volontez du Roy,
Pour un bien qu'il n'attend que de sa seule foy.

ELISE

Je vous l'ay déja dit, et je vous le repete,
J'ay du ressentiment de sa flâme discrette,
Et c'est de tout mon cœur que je voudrois aymer,
Celuy dont la vertu ne peut trop s'estimer :
Mais j'atteste les Dieux que je ne le puis faire,
Et s'il n'est point aymé, que c'est sans me déplaire.

NICANOR

Cependant Orosmane à la coste paroist,
Vous sçavez ce qu'il peut, hazardeux comme il est,
Entre un ennemy que la Cypre aprehende,
Que nous avons besoin d'un Roy qui la deffende,
Et vous sçavez aussi que Pisandre en mourant…

ELISE

Je sçay tout, et de plus, qu'il est indifferent,
De la quelle des sœurs, d'Elise, ou d'Alcionne,
Vostre fils Amintas reçoive la couronne,
Ma sœur peut comme moy couronner Amintas.

NICANOR

Mais il n'aime que vous,

ELISE

Mais je ne l'ayme pas.

NICANOR

Amintas ne veut point de Sceptre sans Elise.

ALCIONNE

Je veux encore moins d'Amintas qu'on mesprise.

ELISE *se tournant vers Alcionne.*

Ha je l'ay refusé ; mais sans le mespriser.

ALCIONNE

Et sans mépris aussi je le puis refuser,
Je le separe assez des hommes du vulgaire :
Je trouve assez en luy ce qui me pourroit plaire ;
J'estime sa vertu ; j'admire sa valleur :
Mais à vostre refus il m'offriroit son cœur,

Et quoy que son amour puisse estre son excuse,
Je ne puis accepter ce qu'un autre refuse,

NICANOR

Vous pourrez entre vous terminer cés debats,
Mais mon fils doit regner.

ELISE

Et ne regne t'il pas,
Puis que vous dont il tient la vie, et la lumiere,
Avez sur cét Estat une puissance entiere ?
Du moins tout sans reserve y dependroit de vous,
Si vous pouviez aussi nous marier sans nous :
Mais à l'ordre du Roy qui du Sceptre dispose,
De grace examinons s'il manque quelque chose,
L'intention du Roy (vous en serez d'accord)
Est que l'une de nous soit Reine apres sa mort,
Et s'il veut qu'Amintas ait part en la Couronne,
C'est comme espoux d'Elise, ou celuy d'Alcione :
Mais de l'aymer jamais mon cœur est esloigné ;
Il dédaigne ma sœur ; il en est dédaigné,
Perdrons nous elle et moy pour cette antipathie,
Cypre, que nos ayeux nous ont assujettie ?
Et pourra-t'il regner vostre fils Amintas,
Puisque ma sœur ny moy ne l'espouserons pas ?

NICANOR

Mon fils peut succeder à Pisandre mon frere,

ELISE

Ce frere fut son Roy ; mais ce Roy fut mon Pere.

AMINTAS

Puis-je parler Seigneur ?

NICANOR

Oüy parle ; mais en Roy.

AMINTAS

A ces divines sœurs qui peuvent tout sur moy,
Comment puis-je parler qu'en esclave fidelle,
Dont le moindre murmure en feroit un rebelle ?
Conserver son respect heureux ou malheureux,
C'est comme doit agir un Amant genereux,
J'ayme Elise, et mon ame à ses fers asservie,
N'en sortira jamais qu'en sortant de la vie,
Et toute autre beauté par des Sceptres offers,
La tenteroit en vain de sortir de ses fers,
Pourrois-je donc, Seigneur, espousant Alcionne,
A sa sœur que j'adore oster une Couronne ?
Quand vous l'ordonneriez, vous devrois-je obeïr ;
Tout d'un temps, puïs-je aymer Elise, et la trahir ?
Ha ! que l'ambition ne nous fasse rien faire,
Dont nous puissions rougir, qui luy puisse déplaire
N'exigez rien d'un fils, qu'il doive refuser,
Et dont un Pere un jour le puisse mépriser.

NICANOR

Et de ton Pere aussi ne trompe pas l'attente,
Mais quel homme inconnu sans ordre se presente ?

Scène seconde

SEBASTE, ELISE, NICANOR, ALCIONNE, AMINTAS.

SEBASTE, *parlant à Amintas.*

Je vous cherchois Seigneur ; en ces mots vous verrez,
Ce que veut Orosmane, et vous luy répondrez.

NICANOR

Et que peuvent avoir mon fils, et ce Corsaire,
A démesler ensemble ?

SEBASTE

Une importante affaire.

ELISE

Amontas me regarde, et rougit, et paslit.

ALCIONNE

Quelque chose le trouble en ce billet qu'il lit,

AMINTAS

Ce billet est pour vous plus que pour moy, Madame,
Que de trouble divers s'eslevent dans mon ame !
Elise apres avoir leu.
Grands Dieux ! et vous souffrez qu'un Pirate, un voleur,
Noircy déja d'un crime à mon repos funeste,
Attaque mon honneur le seul bien qui me reste ;
Amintas, vous pourriez douter de ma vertu,
Si je ne publiois ce que vous avez tû.
Lettre.
En vain Prince Amintas tu brusle pour Elise,
Et tu veux devenir son espoux, et son Roy :
Elle a depuis long-temps disposé de sa foy ;
Depuis long-temps elle est esprise,
D'un Prince digne d'elle, et plus heureux que toy.
Un Prince qui n'est plus, il est vray, m'a servie,
Il m'aymoit, je l'aymois, et s'il estoit en vie,
Je l'aymerois encore ; il seroit mon Espoux,
Et je n'aurois jamais que des dédains pour vous,

La douleur de sa mort m'avoit déterminée,
A ne vivre jamais sous les loix d'himenée ;
Je change de dessein ; mais je me mets à prix,
D'Orosmane sans vie, ou d'Orosmane pris,
La teste criminelle à ma fureur promise,
Vous laisse encor l'espoir d'un Royaume, et d'Elise,
Un tel present vous fait son époux, et son Roy,
Songez y Prince, ou bien ne songez plus à moy.

AMINTAS

Ne songer plus en vous ? Hà que plustost ma vie,
Dans les fers du Pirate à jamais asservie,
Asseure son salut, acheve mon malheur,
Et que desesperé je meure de douleur,
Si le Ciel qui vous fit si charmante, et si belle ;
Mais aussi qui vous fit si fiere, et si cruelle,
Accordoit à mes vœux l'honneur de vous vanger,
Quand bien vostre fierté constante à m'outrager,
Par d'injustes rigueurs troubleroit ma victoire,
Tout ce qui vient de vous fait ma joye, et ma gloire.
Je cheris tout en vous jusqu'à vostre fierté ;
Je ne me plaindrois point d'estre si mal traitté ;
Et quand vous fausseriez la parolle promise,
Je me plaindrois du Ciel sans me plaindre d'Elise.

ELISE

Non, non Prince, esperez, puis que je le permets,
Vengez moy, je tiendray tout ce que je promets,
Ce n'est pas je l'advouë, une basse entreprise,
Que de vaincre Orosmane, et faire aymer Elise,
Vous allez attaquer un prodige en valleur,
Heureux dans les combats, et trop pour mon malheur
Mais quoy, que la victoire en soit presque impossible,
Servez-vous donc du temps tandis qu'il est pour vous,
Et que vous n'avez point encore de jaloux ;

Car quand seul vous seriez capable de me plaire,
Je ne me donneray qu'au vainqueur du Corsaire,
Je vous l'ay déja dit, sa prise ou son trespas,
Laissent tout esperer au vaillant Amintas,
Allez donc, allez vaincre, et cependant mes larmes,
Vont demander aux Dieux le bonheur de vos armes.
(Elle sort.)

AMINTAS

Avec vostre secours qui me peut resister ?
A quel hardy dessein ne me puis-je porter ?
Vous verrez abbatu l'orgueil qui vous outrage,
Et vous me plaindrez mort ou loüerez mon courage,

SEBASTE

Avant qu'avoir vaincu vous triomphez, Seigneur,
Je pardonne la fougue à vostre jeune ardeur :
Mais si l'excez boüillant d'une amour non commune,
Et le prix qu'un combat offre à vostre fortune,
Enflamme à tel point vostre cœur amoureux,
Qu'il ne peut differer ce combat dangereux,
Celuy qu'on traitte icy de voleur, de Corsaire,
Et qui se rend pourtant plus d'un Roy tributaire,
Ne sera pas long-temps d'Amintas attendu,
Seul dans une chaloupe en vos bords descendu,
Il viendra contenter le desir qui vous presse,
Et vous pourrez ainsi contenter la Princesse,
Donnez vostre parolle, et fiez vous en moy,
Que vous pourrez bien-tost vous battre avec mon Roy.

NICANOR

Quoy ! la Cypre verroit une telle aventure ?
J'offenserois ainsi l'honneur, et la nature,
J'exposerois un fils si vaillant et si cher,
Au hazard d'un combat qu'on luy peut reprocher,

D'un combat, dont la fin seroit tousiours honteuse,
Quand mesme sa valleur pourroit la rendre heureuse ;
Dans mille occasions que le temps peut donner,
Pour obtenir Elise, et pour te couronner,
Tu trouveras assez dequoy te satisfaire,
Sans aller te commettre avecque ce Corsaire.

AMINTAS

Dira-t'on que vous seul ne m'ayez pas permis,
De vaincre le plus grand de tous vos ennemis,
De meriter la Cipre, à ma valeur promise,
Et bien plus que la Cipre, une divine Elise,
Sans qui je ne puis vivre, et sans qui mon trépas,
Que vous redoutez tant, dependra de mon bras ?
Car enfin, la perdant, je n'escouteray guere,
Ni les sages conseils, ni les ordres d'un Pere ;
Et quand vous m'opposez ces ordres rigoureux,
Vous vous rendez, Seigneur, pour moy plus dangereux,
Que ne sera jamais la valleur du Pirate,
Qu'Elise, et mon honneur veulent que je combatte.
(Il sort.)

NICANOR

Va donc, sui ton destin, je ne te retien plus.

SEBASTE

Vous perdez bien du temps en discours superflus.

AMINTAS

Allons donc au combat sans tarder davantage.

SEBASTE

Allons Prince, un vaisseau m'attend pres du rivage
Orosmane à la rade en peu de temps sçaura,
Ce que vous luy voulez et vous satisfera.

ALCIONNE
Amintas ! ô mon cœur, que me faites vous faire,
Vous vous exposez donc à la foy d'un Corsaire ?
Un Prince comme vous se devroit menager.

AMINTAS
Elise est offencée, et je la veux venger,
Qui n'en est pas aymé, n'est pas digne de vivre,
Il faut qu'un prompt trépas de mes soins la delivre,
Ou qu'un combat heureux change son cœur ingrat,
Et ce bon-heur vaut bien qu'on hazarde un combat.
(Il sort.)

Scène III

ALCIONNE, CLARICE.

ALCIONNE
Helas ! ce n'est pas là ce que je voulois dire,
A l'innocent autheur de mon cruel martire,
Je luy voulois ouvrir les secrets de mon cœur,
Luy dire qu'il y regne en aimable vainqueur ;
Luy reveler les maux qu'il ignore, et qu'il cause,
Clarice l'as-tu veu ! j'ay fait tout autre chose,
Ainsi le criminel de son remors pressé,
Se coupe, et ne dit rien de ce qu'il a pensé
Ainsi ce cher vainqueur de mon ame soûmise,
Dont ma foible raison les armes favorise,
Ne sçait point sa conqueste, et ne la sçaura point,
Tant un destin cruel à mon amour est joint :

Et quand bien il sçauroit qu'il cause ma souffrance
M'en devrois-je flatter de la moindre esperance ?
Ce Prince ayme ma sœur, il ne peut donc m'aymer
Et quand il changeroit, le pourrois-je estimer ?
Pensant gagner mon cœur, il perdroit mon estime,
Et son amour pour moy me paroistroit un crime,
Cependant il se jette en un mortel danger ;
Ai-je à m'en réjouïr ? ai-je à m'en affliger ?
Si ce Prince est vaincu, ce Prince perd sa gloire,
Et je doi faire ainsi des vœux pour sa victoire ;
Mais sa victoire aussi luy donnera ma sœur,
Et je doi craindre ainsi de le revoir vainqueur,
L'un et l'autre succez favorable ou contraire,
S'oppose égallement à tout ce que j'espere ;
Ou plustost je crains tout, et je n'espere rien,
Est-il un desespoir plus juste que le mien ?

CLARICE

Mais Amintas lassé d'aimer qui le méprise,
Peut un jour vous offrir ce que refuse Elise.

ALCIONNE

Apres les sentimens d'une noble fierté,
Où mon cœur contre luy s'est tantost emporté,
Apres avoir promis à ma sœur qui m'est chere,
De resister comme elle aux volontez d'un Pere,
Lasche puis-je trahir la fierté de mon cœur,
Et plus lasche manquer de parolle à ma sœur ?

CLARICE

Il sçauroit mon amour si j'estois Alcionne.

ALCIONNE

Que pourroit-il penser d'une ame qui se donne ?
Ha ! si de là dépend tout l'heur de mon Destin,

Resoluons nous plustost d'en avancer la fin,
Craignons l'état honteux d'une amante qui prie,
Mais à quoy songe-tu, mon aveugle furie ?
He n'ayje pas voulu dans ce mesme moment,
Luy découvrir ma flâme, et mon cruel tourment,
Et découvrir sa flâme à celuy qui la cause ?
Si ce n'est le prier, il s'en faut peu de chose.
O Dieux ! quand je reproche à mon esprit confus,
Que je vien de courir le danger d'un refus ;
Qu'il n'est rien de plus bas qu'une inutile plainte,
Qu'aysement je m'engage aux loix de la contrainte,
A ne croire jamais mes desirs trop ardens ;
A deffendre à mon cœur ses soûpirs imprudens.
Mais en vain on le cache ; un air triste au visage,
Une langueur aux yeux, sont un muet langage,
Qui trahit le secret d'un soûpir retenu,
Et le feu de l'amour tost ou tard est connu.
Non non, triste Princesse, il faut cesser de vivre,
C'est le meilleur conseil que tu peux jamais suivre.
Choisis, choisis la mort plustost que de rougir ;
Laisse à ton desespoir la liberté d'agir,
Et soit que ton Amant vainque, ou perde la vie,
Meurs de ton déplaisir, ou de ta jalousie.

Fin du second Acte.

ACTE III

Scène première

NICANOR, CRITON.

NICANOR

Le Corsaire Orosmane a donc pris terre ainsi ?

CRITON

Et renvoyé sa barque et ses Soldats aussi,

NICANOR

Et mon fils ?

CRITON

Et le Prince a de la mesme sorte,
Renvoyé les Soldats qui luy servoient d'escorte.
Ils se sont allé battre au pied d'un grand rocher,
Où sans se faire voir on ne peut approcher :
Mais Seigneur, consentir à ce combat funeste…

NICANOR

J'ay fait ce que j'ay dû, les Dieux feront le reste.
La victoire en dépend, et non pas nostre cœur,
Qui doit estre invincible en cedant au vainqueur,
Mais la flotte Corsaire à nostre rade ancrée,
S'est à l'aube du jour en deux parts separée.

CRITON

Dont l'une, vent en pouppe a pris la haute mer,
Pendant qu'on a veu l'autre en bonne ordre ramer,
Vers l'Occident de l'Isle où l'abord est facile,
Et qui n'est deffendu ny de Fort ny de Ville.

NICANOR

Ils ont quelque dessein qui nous est inconnu,
Mais que veut Licas ?

Scène II

LICAS, NICANOR.

LICAS

Le Prince est revenu
Seigneur !

NICANOR

De son combat il revient plein de gloire
Qu'en est-il ?

LICAS

Il n'a point parlé de sa victoire.
Le Prince est moderé.

NICANOR

Le Prince est donc vaincu,
Et s'il l'est avec honte, il n'a que trop vescu.

LICAS

Le Corsaire, Seigneur, a surpris Amatonte.

NICANOR

O Dieux ! adjoustez-vous cette perte à ma honte ?
Et si vôtre secours me veut abandonner,
Quel remede assez prompt y pourray-je donner ?
Mais sçait-on le destail d'une telle avanture ;

LICAS

Ce que j'ay pû tirer d'un Peuple qui murmure,
Et vous sçavez, Seigneur, ce qu'on en peut tirer,
C'est ce qu'en peu de mots je vais vous déclarer.
Les troupes d'Orosmane en terre descendues,
Se sont en divers corps dans l'Isle répanduës,
L'on a pris Amatonte, et le plus fort de tous,
Que les autres suivront, marche, et vient droit à nous.

NICANOR

C'est assez.

Scène III

NICANOR, ELISE, LICAS.

NICANOR

Sçavez-vous qu'Amatonte est surprise,
Madame, et qu'on s'en prend à la Princesse Elise ;
Qu'on dit qu'elle s'entend avec nos Ennemis,
Puis qu'elle a refusé de couronner mon fils ;
Que par ce fier refus une guerre impreveuë,
Trouve Cypre allarmée, et de Roy dépourveuë,
Et qu'à nous qui pourrions les esprits rasseurer,
Elle ne permet pas seulement d'esperer ?

ELISE

Je permets d'esperer au vainqueur du Corsaire.

NICANOR

Mais Amintas vaincu, perd l'espoir de vous plaire,
Ce Prince qui vous ayme, et que vous méprisez,
Pour conserver un bien que vous luy refusez,
Pour deffendre la Cypre à d'autres destinée,
Ira-t'il exposer sa vie infortunée ?
Ha ! puisqu'à son amour l'espoir est deffendu,
Que Cypre soit perduë autant qu'il est perdu.

ELISE

Ce n'est pas la saison de faire des reproches,
Quand de nos ennemis nous craignons les approches,
Ny de laisser ainsi tout un Peuple effrayé,
Qui n'espere qu'en vous, qui vous a tout fié.
Que fait donc en vos mains la regence remise,
Et vous en servez-vous seulement contre Elise ;
J'aurois donc bien choisi pour Espoux et pour Roy,
Un Prince qui craindroit de s'exposer pour moy.
Ce n'est qu'en deffendant, en forçant des murailles,
Marchant vers l'ennemy ; luy donnant des batailles,
Quand on n'est pas né Roy qu'on se peut couronner.

A de moindres exploits je ne me puis donner.
Quand ce que j'ay juré pourroit un jour s'enfraindre,
Et dans mon cœur changé la vengeance s'esteindre.
Mais le Prince Amintas, ne s'est-t'il pas battu ?
Tient-on secret s'il est, ou vainqueur ou vaincu ?

LICAS

Il vous cherche, Madame.

ELISE

Ha ! qu'il vienne m'apprendre
Le succez du combat que je brûle d'entendre.
Je vous demandois, Prince ! est-il mort, est-il pris
Le barbare Corsaire, et suis-je vostre prix ?
Ou vaincu, venez vous en affliger Elise,
Assez triste dé-ja, d'Amatonte surprise ?

Scène IV

AMINTAS, ELISE, NICANOR.

AMINTAS

Je suis vaincu, Princesse, et je cede à mon sort.
Mon bras blessé n'a fait qu'un inutile effort,
Et les longues rigueurs de vôtre fier courage,
Ont enfin accomply leur malheureux présage.
Je vous perds belle Elise, et je ne cherche plus,
D'où venoient vos mépris, vos froideurs, vos refus :
Qui pour vous acquerir a manqué de vaillance,
A bien plus merité que vostre indifference.
Dois-je vous l'avoüer ? un illustre vainqueur,

Tout ennemy qu'il est, auroit gagné mon cœur.
Mon ame auroit esté de la sienne charmée,
Dans le temps que sa main la mienne a desarmée,
Si je pouvois aimer ce que vous n'aimez pas,
Lors que j'ay succombé sous l'effort de son bras,
Va Prince, m'a-t'il dit, vis pour aimer Elise ;
Un Dieu ne feroit pas de plus belle entreprise ;
Qui par de tels desseins fait envier son sort,
En merite un meilleur que mes fers, ou la mort.
De si beaux sentimens si conformes aux nôtres,
N'adouciront-ils point la cruauté des vôtres ?
Quoy que par luy vaincu, que par luy malheureux,
Je dois cette justice à son cœur genereux,
Que sa vaillante main ne m'a laissé la vie,
Qu'à cause que l'amour vous l'avoit asservie.
Vous souhaittez sa mort ; mais j'atteste les Cieux,
Qu'il ne parle de vous que comme on fait des Dieux ;
Qu'il n'est point de mortel plus digne de vous plaire,
Et que l'on connoist mal cét illustre Corsaire.

ELISE

Adjouste, Amintas, que cét heureux vainqueur,
Vous oste à mesme temps la victoire et le cœur.
D'autres guerriers que vous dans l'Asie ou la Grece,
Prendront les interests d'une jeune Princesse,
Combatront Orosmane, et s'ils en sont vaincus,
Ne luy parleront point de ses rares vertus.

AMINTAS

Vous me blasmez, Madame, à cause que j'estime,
En mon ennemy mesme, un vainqueur magnanime
Jugez plustost par là, combien c'est vous aymer,
Que de haïr pour vous ce qu'on doit estimer :
Obligé de la vie à ce vaillant Corsaire,
Je préfere à l'honneur la gloire de vous plaire ;

Car ingrate beauté, quand mon noble vainqueur,
Me devroit reprocher que je suis sans honneur,
Dans son Camp, dans sa tente, au peril de ma vie,
J'iray par son trépas assouvir vôtre envie ;
Privé mesme d'espoir de vous plus posseder,
Je veux pour vous encore aller tout hazarder.

ELISE

Un si beau desespoir, Prince, plus qu'autre chose,
Pourroit faire cesser le malheur qui le cause.
Vaincre au milieu des siens mon ennemy cruel,
C'est bien un autre exploit que le vaincre en duel.
Pour les biens de l'amour comme de la fortune,
Ce qu'on manque une fois se doit tenter plus d'une :
On s'expose pour vaincre, on vainc en combattant,
Et la guerre et l'amour, veulent qu'on soit constant.

NICANOR

Mais la guerre et l'amour couronnent la constance.
Et des plus malheureux font vivre l'esperance.

ELISE

Mais un cœur genereux, de malheurs combattu,
Pour perdre son espoir ne perd point sa vertu.
Songez songez plustost à l'Armée ennemie,
Qui menace Paphos par la Paix endormie ;
Songez à nos remparts en danger d'estre pris,
Et songez qu'il faut vaincre avant qu'avoir un prix
Tandis que nostre encens brûlera dans nos Temples,
Allez aux Cypriens donner de beaux exemples ;
Ils vous tendent les bras, courez les secourir,
Et pour vous mesme enfin, allez vaincre ou mourir.

Scène V

NICANOR, AMINTAS.

NICANOR

Deffions-nous, mon fils, de cette ame cachée :
Quand du commun danger elle paroist touchée,
Et nous porte au combat pour le salut de tous,
Elle veut seulement se deffaire de nous.

AMINTAS

Quelque dessein qu'elle ait, cette belle Princesse,
Sa volonté tousiours de la mienne Maistresse,
Et de mes actions seule, et fatale Loy,
Dispose absolument de moy-mesme sans moy.
Heureux qu'en ce rencontre elle ne me propose,
Qu'une bonne action, à quoy rien ne s'oppose,
Et qu'elle ne se sert de son divin pouvoir,
Qu'à porter mon courage à faire son devoir.

NICANOR

Qu'aveuglement tu suis une amour insensée !

AMINTAS

Vous m'en avez Seigneur, inspiré la pensée.

NICANOR

On change de dessein selon l'utilité.

AMINTAS

On ne suit pas ainsi l'exacte probité.

NICANOR

Ha ! ne te pique point de ces vertus frivolles,

AMINTAS

C'est perdre temps, Seigneur, en de vaines parolles,
Tandis que de Paphos tout le peuple estonné,
Se croit avec raison de nous abandonné.
Donnons pour son salut les ordres necessaires ;
Envoyons des partis observer les Corsaires.
Tandis que vous veillez à deffendre nos Murs,
Employez ma valeur aux travaux les plus durs.
Rendez-moy digne enfin de ces hautes pensées,
Que vos conseils hardis dans mon ame ont laissées,

NICANOR

Allons donc faire encore des ingrats dans Paphos.

Scène VI

AMINTAS, CRITON.

AMINTAS

Prens mes armes, Criton, et deux de mes chevaux,
Sur le bord de la mer je te joins dans une heure ;
Mais ne te lasse point de ma longue demeure.
Les Princes éclairez, et suivis en tous lieux,
Ont dans leurs actions à tromper bien des yeux,
Et ce monde empressé qui ne les quitte guere,
Les rend plus malheureux que ne croit le vulguaire,
Je veux aller combattre Orosmane en son Camp ;
Nous sommes peu, Criton, pour un dessein si grand

CRITON

Un semblable dessein n'en veut pas davantage.

AMINTAS
Je voulois éprouver ton sens, et ton courage.

CRITON
Mon zele ?...

AMINTAS
Il m'est connu, va viste, et sois adroit.

CRITON
Seigneur...

AMINTAS
Je la voy bien, va, disje, et soit secret.

Scène VII

ALCIONNE, AMINTAS.

ALCIONNE
Ha Prince ! il est donc vray que ma sœur vous engage,
A verser vostre sang pour venger un outrage,
Et vous expose encore à ce honteux duel ;
A l'incertaine foy d'un Corsaire cruel ;
Des charmes de ses yeux, ceux de son diadême,
Vous jettent donc encore en ce peril extrême ;

AMINTAS
Que pensez-vous de moy, Madame ? ah ! jugez mieux

D'un Prince décendu de vos nobles Ayeux.
Un cœur que la beauté de vostre sœur inspire,
Fait aller ses desirs plus loin que son Empire,
Et ne fait point servir sa noble ambition,
A l'avare interest d'une autre passion.
Quand je devins d'Elise esclave volontaire,
Son Trône à m'asservir luy fut peu necessaire,
Il prit dans ses beaux yeux l'éclat qu'il eut pour moy,
Et son merite seul me rangea sous sa loy.

ALCIONNE

Devez-vous hazarder des jours comme les vostres,
Quand de vostre salut depend celuy des autres,
Et quand par vostre mort l'Estat aura perdu,
L'unique Protecteur qui l'auroit deffendu ;

AMINTAS

Je me connois, Madame, et lors que je m'expose,
Je croy n'exposer rien, ou du moins peu de chose.
Elise m'apprend trop par d'éternels mépris,
Que mes jours malheureux ne sont pas de grand prix.

ALCIONNE

Un injuste mépris n'oste rien du merite,
Or la fiere beauté que vostre amour irrite,
Peut avoir eu pour vous d'injustes cruautez,
Sans avoir ignoré ce que vous meritez.
Mais Amant malheureux, vous sçavez d'elle-mesme,
D'où son cœur a pour vous cette froideur extrême,
Et que ce cœur fidelle aux cendres d'un Amant,
Vous suscite un Rival au fond d'un monument,
Tel que Cypre aujourd'huy vous admire, et vous prise ;
Car tout n'est pas dans Cypre injuste autant qu'Elise,
Vous meritez un cœur qui vous sceût estimer,
Un cœur qui pour vous seul eust commencé d'aimer.

AMINTAS

Elise rigoureuse, Elise pitoyable,
Elle est toujours Elise, elle est tousiours aimable,
Et tousiours Amintas méprisé, malheureux,
Sera tousiours fidelle et toujours amoureux.

ALCIONNE

Un plus sage que vous en aimeroit une autre,
Qui feroit son bonheur d'un cœur du prix du votre,
Un autre aussi bien qu'elle a droit de vous donner ;
Le titre qui vous manque à vous voir couronner.
Car enfin vous seriez. O Dieux ! que vay-je dire ?
Vous seriez plus heureux, si vous sçaviez dire.
Adieu Prince.
(Elle sort.)

AMINTAS

Ha ! j'entends, je serois plus heureux,
Se je pouvois forcer un destin malheureux,
Qui me force d'aimer celle qui me méprise,
Et me fait mépriser celle qui m'est acquise.
Mais, ô vous ! qui m'offrez un Sceptre, et vostre Foy,
Pourriez-vous bien changer, si vous n'aymiez que moy ?
Jugez, jugez, ô vous ! dont je crains la cholere,
Par ce que vous feriez, de ce que je puis faire.
Je voudrois vous aymer, et ne le devant pas,
J'en souffre des tourmens pires que le trépas.
Pouvoir tant pour un autre, et si peu pour moy-mesme,
C'est bien encore un coup de mon malheur extrême,
Et c'est bien sans raison que j'ose demander,
Ce que je ne veux pas ny ne dois accorder.

Scène VIII

NICANOR, AMINTAS.

NICANOR

La fortune est pour nous, cessons de nous en plaindre,
Ce fier Corsaire est pris ; nous n'avons plus à craindre ;
La tempeste a brisé son vaisseau contre un banc ;
Tu te voy son vainqueur, sans répandre de sang ;
La Princesse est à toy ; la Cypre est secouruë,
Réjoüy-toy, mon fils.

AMINTAS

O disgrace impreveuë !

NICANOR

Tu soûpire.

AMINTAS

La joye a ses excez, Seigneur,
Surprend, et nous trouble autant que la douleur.

NICANOR

Sa flotte ne sçait point quelle perte elle a faite :
Si nous sçavons bien vaincre, elle est déja défaite,

AMINTAS

Mais sur nostre parole, Orosmane est venu,
A-t'on pû l'arrester ?

NICANOR

Pourquoy ne l'a-t'on pû ?
Sa flotte nous surprend ; assiege ; attaque ; vole.
Ne nous monstre-t'il pas à manquer de parole ?

Lors que les deux guerriers au combat déja prests,
Le fer doit terminer les divers interests,
La moindre hostilité cesse de part et d'autre.

AMINTAS

Son manquement de foy n'excuse pas le nostre.

NICANOR

Il a pris Amatonte, et cette hostilité,
Nous rend nostre parole, et finit tout traitté.
Il faut que le trépas de ce Roy des Corsaires
Nous vange, et tant de Roy qu'il s'est fait tributaires.
Je veux faire perir par le feu, par le fer,
Ces ennemis communs, ces Tirans de la mer,
Et toy, va donner ordre à garder le Corsaire.

AMINTAS

Pour son salut plustost tout ozer, et tout faire.

Fin du troisième Acte.

ACTE IV

Scène première

OROSMANE

Maistre absolu de l'Empire de l'onde,
Par mille beaux exploits,
De mon Thrône flottant j'ay fait trembler des Roys,
Et ma puissance vagabonde,
En a veu soûmis à ses loix,
Qui voyoient à leurs pieds tout le reste du monde.
De ce lieu si voisin des Cieux,
Où le destin capricieux.
Avoit ma fortune portée,
En un moment elle tombe aux Enfers,
Et languit sous d'indignes fers,
Quand loin de la voir arrestée,
Je ne la croyois limitée,
Que des bornes de l'Univers.
J'ay veu cent fois au fort de la tempeste,
L'onde aux Cieux se méler ;

Le foudre étincelant, fendre, abbatre, brûler,
Des voiles, des masts sur ma teste.
Je l'ay veu des rocs ébranler,
Et faire mille éclats du débris de leur faiste.
Cent fois dans ma noble fureur,
Portant la guerre et la terreur,
Aussi loin qu'alloit mon courage,
J'ay veu la mort s'opposer à mes pas ;
Mais qu'un visage plein d'appas,
Fait souvent trembler d'avantage,
Que le foudre, que le naufrage,
Que la guerre, et que le trépas !

Scène II

OROSMANE, AMINTAS.

OROSMANE

Approche mon vainqueur ; mais vainqueur sans combattre.
Viens voir si dans ses maux mon cœur se laisse abbatre,
Ou plustost si mes fers sont aisez à briser.
O des Princes ingrats le plus à mépriser,
Viens pour ne me plus craindre, estre mon homicide ;
Tu peux bien estre lâche, ayant esté perfide.

AMINTAS

Je ne reconnois plus ce vainqueur moderé,
De qui j'avois tantost le courage admiré.

OROSMANE

Et je reconnois moins ce vaincu magnanime,

De qui le faux éclat a surpris mon estime.

AMINTAS
Je suis tel que j'estois quand tu fus mon vainqueur.

OROSMANE
Manquer à sa parole, est-ce avoir de l'honneur ;
Quand ton Pere insolent et fier de ma disgrace,
A déchaisné sur moy toute une populace ;
Quand apres mon naufrage il m'a mis dans les fers ;
Toy qui dus t'opposer à tant d'affronts soufferts,
Me viens d'une insolence, à nulle autre semblable,
Repaistre tes regards des fers dont on m'accable.
Par ce procedé lâche, injuste et rigoureux,
Croit-on venger l'affront d'un combat malheureux
Avancer d'un Himen la celebre journée,
Et crois-tu voir plustost ta teste couronnée ?
On a veu des vainqueurs insulter aux vaincus,
Insulter aux vainqueurs, ha ! c'est bien faire plus.
Tu merites par là, de posseder Elise,
Quand on ne l'auroit pas à ta valeur promise.

AMINTAS
Tu m'insultes toy-mesme, et tu sçais en ton cœur,
Que j'ay peu merité ce reproche mocqueur,
Tu sçais bien que je perds l'esperance d'Elise,
Et qu'à ton seul vainqueur elle s'estoit promise,
Et ne reproches point de noire lâcheté,
Toy qui viens de commetre une infidelité,
Pendant nostre combat avoir pris une place.
Quelque injustice apres que la Cypre te fasse,
Tu l'auras attirés en luy manquant de foy,
Et tu te plains à tort de mon Pere et de moy,
Mais je te dois la vie, et l'honneur me conseille,
De rendre à mon vainqueur une grace pareille,

Pour reprendre sur luy sans passer pour ingrat,
L'honneur que m'a fait perdre un malheureux combat.
Ta mort et ta fortune à nos fers asservie,
Peut pourtant m'asseurer le bonheur de ma vie ;
Mais je veux ne devoir mon bonheur qu'à mon bras ?
Meriter la victoire, et ne la voler pas.
De quelque rare prix que soit la recompence,
Dont tes fers resserrez flattent mon esperance,
Je les briseray tous au lieu d'en profiter ;
Je te conserveray ce que je veux t'oster,
Mais pourtant sans cesser apres de te poursuivre.

OROSMANE

Va ! ny moy de te vaincre, et de te laisser vivre.

AMINTAS

Que veux-tu cependant que je fasse pour toy ?

OROSMANE

Me laisser, si tu veux, icy seul avec moy,
Le travail du combat, de la mer, du naufrage,
Les efforts que j'ay faits à gagner le rivage,
M'accablent de sommeil, et de soin combattu,
Mon esprit cede enfin à mon corps abattu.

AMINTAS

A l'instant si tu veux…

OROSMANE

Je ne veux autre chose ;
Adieu Prince, et du moins permets que je repose.
Orosmane s'endort.

AMINTAS

O ! qu'avec tous soins qui me vont combattant,

Je suis bien éloigné d'en pouvoir faire autant.

Scène III

LICAS, AMINTAS.

LICAS

Je vous vois reveler un secret d'importance ;
Mais promettez-moy donc de garder le silence,
Seigneur.

AMINTAS

Acheve-donc.

LICAS

La Princesse a voulu,
Et me l'a commandé d'un pouvoir absolu,
Que je luy fasse voir cette nuict le Corsaire,
Et vous sçavez, Seigneur, si j'ose luy déplaire,
La nuict est avancée, elle s'en va venir.

AMINTAS

He ! voudroit-elle donc de sa main le punir ?
Je la veux observer, et quoy qu'elle s'en fâche,
Telle action pourroit luy laisser une tache,
Reprochable à moy seul, puisque je l'aurois sceu.

LICAS

De cét endroit, Seigneur, sans en estre apperceu,
Vous verrez… Mais j'entends du bruit, c'est elle-mesme ;
Cachez vous.

AMINTAS

O que tout mon malheur est extréme !
Ce n'est peut-estre icy que l'effet d'un couroux,
Et j'en ay toutesfois des sentimens jaloux.

Scène IV

LICAS, ELISE.

LICAS

Madame, vous voyez où pour vous je m'expose
Le fier Corsaire est seul, et je croy qu'il repose,
Vous avez souhaitté de le trouver ainsi.

ELISE

O vengeance ! ô fureur, que vais-je faire icy ?
Et toy d'entre les Dieux, dont je te crois du nombre
Viens conduire mes coups dans l'obscurité sombre ;
Viens donner, cher Alcandre, à ma tremblante main,
La force de percer le cœur de l'inhumain.
Viens donner à mon cœur...

Scène V

OROSMANE, ELISE, AMINTAS.

OROSMANE *dormant.*

A moy, cruelle Elise ;

ELISE

O Dieux ! il m'a nommée !

OROSMANE

Apres la foy promise ?
Helas !

ELISE

N'écoûtons point un songe souborneur
Qu'un Demon tutelaire oppose à ma fureur.
Achevons…

AMINTAS

Ha ! Madame, et que voulez-vous faire ?

ELISE

Amintas contre moy proteger le Corsaire ?
Amintas m'épier ?

OROSMANE

Ma Princesse, est-ce vous ?
Et puis-je donc encore embrasser vos genoux ?

ELISE

Où suis-je ? ô Dieux ! que voy-je ? et que viens-je d'entendre ?
Dois-je croire à mes yeux ? est-ce une ombre ? est-ce Alcandre ?

OROSMANE

Oüy, Princesse, je suis cét Amant trop heureux,
Si dans les longs malheurs d'un exil rigoureux,
La seule Deïté de mon cœur adorée,
M'a conservé la foy qu'elle m'avoit jurée :

Mais je suis des Amans le plus infortuné,
Si je n'ay plus un cœur que vous m'avez donné.

ELISE

Helas ! ce qu'à l'instant pour vanger mon Alcandre,
Mon bras contre luy-méme étoit prest d'entreprendre,
M'empesche de douter, que ma fidelité
Ne soit tousiours pour toy ce qu'elle avoit esté.
Dieux ! si dans la fureur dont j'estois prevenuë,
Vostre puissante main ne m'avoit retenuë.
Si la mienne eut donné par un barbare effort,
A tout ce qui m'est cher, une sanglante mort,
En quel abysme affreux te serois-tu jettée,
Amante trop credule, et trop précipitée ?
Et quel crime une erreur maistresse de nos sens,
Ne peut faire commettre aux feux plus innocens ?

OROSMANE

Si vous m'aymez encore, ô divine Princesse !
De tous ces longs malheurs qui me suivoient sans cesse,
Je ne conserve pas le moindre souvenir,
Je perds mesme la peur de tous maux avenir,
Et puis qu'enfin le Ciel permet que je vous voye,
Je ne m'en plaindray plus quelque mal qu'il m'envoye.

ELISE

Ne craignons rien du Ciel apres un bien si doux,
Ce ne peut estre en vain qu'il s'est changé pour nous
Nos fidelles amours si long-temps tourmentées,
Nos peines, nos douleurs à la fin surmontées,
Témoignent que le Ciel en nous faisant souffrir,
N'a voulu qu'éprouver ce qu'il vouloit cherir.

AMINTAS

Un malheureux amant, trop heureuse Princesse,

Ne peut plus estre icy qu'un objet de tristesse,
La sienne troubleroit vos mutuels plaisirs.
Et toy puissant obstacle à mes justes desirs,
Et de qui le bonheur acheve mon desastre,
Par quel charme secret, quel ascendant, quel Astre
As-tu pû suborner mon cœur à me trahir,
A t'aimer malgré moy, toy qu'il devroit haïr ?
Je te devois la vie ; Elise peut t'apprendre,
En quelle occasion je viens de te le rendre.
Je veux briser tes fers, puisque je l'ay promis :
Mais, ô le plus mortel de tous mes ennemis,
Il faut que j'obeïsse au sort qui me maistrise ;
Il faut qu'encore un coup je te dispute Elise,
Et quoy que sans espoir de jamais l'acquerir,
Que je l'afflige au moins ne pouvant l'attendrir.

ELISE

Ha ! n'attens rien de moy par une telle voye,
Ny d'Alcandre ennemy que jamais je te voye.

AMINTAS

N'esperez pas aussi qu'Amant desesperé,
Je laisse mon Rival dans un calme asseuré.

ELISE

Il t'offre une amitié qui n'est point méprisable.

AMINTAS

C'est son défaut pour moy d'estre trop estimable ;
C'est par ce qu'elle a peu la vostre meriter,
Que mon cœur s'en éloigne, et ne peut l'accepter.
Oüy, dangereux Rival, il faut que je t'estime,
Quand un juste sujet à ta perte m'anime,
Et que mon cœur n'ait rien tant à craindre que moy
Dans le dessein que j'ay de me battre avec toy ;

Mais le temps que je perds à ma plainte frivolle,
Se peut mieux employer à tenir ma parolle.

Scène VI

ELISE, OROSMANE.

ELISE

Amintas genereux mesme à ses ennemis,
Te tirera des fers comme il te l'a promis.
Mais, cher Prince, il est temps qu'Elise impatiente,
Cesse enfin d'ignorer ta fortune inconstante,
Et pourquoy si long-temps, et si proche de moy,
Le faux nom d'Orosmane abusa de ma foy.

OROSMANE

Quand la parfaite Elise aussi juste que belle,
M'eut appris les desseins de son Pere infidelle,
Qui sur de specieux, mais frivoles sujets,
Avoit fait contre moy revolter mes Sujets,
Et qui pour mieux cacher où marchoit son Armée,
En menaçoit les bords de la Grece allarmée,
Elle vit que mon cœur ne pouvant la quitter,
Pour la premiere fois osa luy resister,
J'abandonnois mon Thrône à vostre injuste Pere,
Vostre cœur genereux s'en mettoit en colere,
La crainte de languir un moment loin de vous,
Me faisoit mépriser cét obligeant courroux :
Mais vos yeux se servant de toute leur puissance,
Il se fallut resoudre à cette longue absence,
Courir au moins pressé de deux maux dangereux.

Sur la mer, mon destin ne fut pas plus heureux,
Je fus battu des vents, et dans la Cilicie,
J'eus à tous mes desseins la fortune ennemie.

ELISE

Je sçay que la fortune accablant la valeur,
En un dernier combat vous eustes du malheur,
Et qu'un jeune guerrier tué dans la bataille,
Fut pris pour mon Alcandre.

OROSMANE

Il estoit de ma taille,
Et l'on ne connut point son visage blessé,
Sous un de mes harnois qu'il avoit endossé.
Ce faux bruit de ma mort ardemment desirée,
Outre les miens, trompa ceux qui l'avoient jurée,
Et me fit oublier aux puissans ennemis,
A qui tout contre moy sembloit estre permis.
Accablé de malheurs, et par mer, et par terre,
Il me restoit encore un seul vaisseau de guerre,
Et j'avois conservé des amis genereux,
Qui loin de mépriser un Prince malheureux,
D'une fidelité qui ne s'est point lassée,
Respecterent tousiours ma dignité passée.
Nous montasmes en mer de la terre chassez ;
La vague estoit émeuë, et les flots couroucez ;
Mais c'estoit le party qui nous restoit à prendre,
Suivis que nous estions des troupes de Pisandre.
Le Barbare Orosmane un Corsaire inhumain,
Attaqua mon navire, et mourut de ma main,
Aigry des longs malheurs de mon sort déplorable,
Aux Corsaires vaincus je fus inexorable,
Tout tombant sous le fer, ou dans l'onde jetté,
Esprouva la rigueur du vainqueur irrité.
De massacre et d'horreur ma cholere assouvie,

Aux tremblans Matelots fit grace de la vie.
J'achevois de les vaincre, et de les desarmer,
Quand je vis mon vaisseau tout à coup abysmer.
Ce peril évité me fut de bon présage ;
Réveilla mon espoir ; anima mon courage,
Je prend le nom fameux du Corsaire détruit.
Ce nom en peu de temps est un nom de grand bruit,
Et me fait esperer qu'aupres de vostre Pere,
Un Corsaire fera ce qu'un Roy ne pû faire.
Lors je vous détrompay du faux bruit de ma mort ;
Mais sans vous reveler le secret de mon sort.

ELISE

Pourquoy me cachois tu que ta rare vaillance,
Faisoit aux plus grands Roys redouter ta puissance ;
Pourquoy n'ay-je pas sceu que l'Empire des Mers,
Dépendoit d'un Esclave arresté dans mes fers ;
O que de ce penser ma vanité flattée,
Eust calmé pour un temps mon ame inquietée,
Que les Dieux qu'à ta perte imploroit mon courroux,
M'eussent esté cruels, s'ils m'eussent esté doux !
Mais à quoy te servit, une histoire, une feinte,
Qui pouvoit me donner une mortelle atteinte ;
Quel plaisir as-tu pris à te faire haïr ;
Et qui trompe en amour, ne peut-il pas trahir ;
Pourquoy de nos amours rompois-tu le silence ?

OROSMANE

Je voulus d'un Rival éprouver la vaillance,
Et chercher dans sa mort le funeste plaisir,
D'accuser vostre cœur, d'avoir sceu mal choisir,
La crainte d'un Rival, qu'un Pere favorable…

ELISE

Prince n'acheve pas un discours si coupable.

Alcandre a pû douter d'Elise, et de sa foy ;

OROSMANE

Hé ! qui n'est pas jaloux quand il ayme ?

ELISE

Et c'est moy,
Qui n'ay jamais douté de ta perseverance,
Quand j'avois plus à craindre une ingrate inconstance ;
Car les beautez d'Asie ont des charmes puissans,
Et je sçay qu'on oublie aisément les absens.
Oüy, Prince ingrat, pendant que tu fus en Asie,
Je n'eus jamais pour toy la moindre jalousie ;
Je ne crus point de cœur plus ferme que le tien :
Mais tu ne rendois pas cette justice au mien,
Tu me croyois ingrate, infidelle, et coupable,
Quand pour toy j'irritois un pouvoir redoutable.
Croy-donc que c'est un crime, et le plus grand de tous,
Que d'estre sans sujet un ingrat, un jaloux,
Et qu'une telle excuse en la bouche d'Alcandre,
Multiplie une erreur au lieu de la deffendre.

OROSMANE

Percez-donc, belle Elise, un cœur méconnaissant.

ELISE

Un coupable qui plaist, est bien-tost innocent

OROSMANE

Je ne sçaurois souffrir de trépas assez rude,
Si j'ay pû vous donner la moindre inquietude,

ELISE

Et le moindre tourment que tu pourrois souffrir,

OROSMANE

Vengeroit ma Princesse,

ELISE

Il la feroit mourir.
Songeons plustost aux maux qui pressent davantage.
Ta vie est dans les mains d'un homme plein de rage,
Qui croit que pour vanger, tous crimes sont permis :
Mais taisons-nous, sçachons ce qu'aura fait son fils,
Hé bien ! Prince.

Scène VII

AMINTAS, ELISE, OROSMANE.

AMINTAS

J'ay fait tout ce que j'ay pû faire,
Mais les Gardes doublez par l'ordre de mon Pere
Que de l'humeur qu'il est je ne sçaurois changer,
Laissent mon ame en peine, et ta vie en danger ;
mais où la force est foible, employons-y l'adresse ;
Sous mes habits connus sors avec la Princesse,
Si l'entreprise manque, au mépris de la mort,
Je briseray tes fers par un dernier effort.
Licas que j'ay gagné, mon dessein favorise :
A quoy donc se resout l'heureux Amant d'Elise ;

ELISE

Nous suivrons ton conseil, ô Prince genereux !
Prince que malgré moy j'ay rendu malheureux.

AMINTAS

Ce Prince malheureux, et qui vous importune,
Ne se prend qu'à luy seul de sa longue infortune.
Allons changer d'habits où Licas nous attend,
Viens-tu donc ?

OROSMANE

Je te suis ; n'espere pas pourtant,
Qu'en me tirant des fers de ton injuste Pere,
J'en sois moins ton Rival, ton cruel adversaire.
Tant qu'Elise vivra sous vos indignes loix ;
Que vous luy ravirez la liberté du choix,
Orosmane et les siens periront pour Elise.
Paphos suivra de pres Amatonte surprise.
Et ne me blasme plus de mes hostilitez,
On manque pour Elise à des formalitez ;
Pour mériter Elise, on peut, on doit tout faire.

AMINTAS

C'est par cette raison, vaillant Prince, ou Corsaire,
Puis qu'on doit tout oser pour un bien d'un tel prix,
Que je veux achever le dessein que j'ay pris.

Fin du quatrième Acte.

ACTE V

Scène première

ALCIONNE, ELISE.

ALCIONNE

Eh quoy ! d'une si juste et si longue tristesse,
Vôtre ame en un moment passe dans l'allegresse !

ELISE

Mon Alcandre, ma sœur, est vivant, est trouvé,
Et le grand Orosmane, est fidelle, est sauvé,
Jugez à quel excez me doit porter la joye,
D'un bien long-temps perdu, que le Ciel me renvoye ;
Mais ma bouche qu'emporte un premier mouvement,
Veut tout dire à la fois, et parle obscurement,
Alcandre donc, ma sœur, est cét homme admirable,
Ce guerrier si vaillant, si grand, si redoutable…

Scène II

CLARICE, ELISE, ALCIONNE.

CLARICE

Ha Princesses ! pleurez l'accident malheureux,
Qui ravit à la Cypre un Prince genereux.
Amintas ayant sceu que ton barbare Pere,
Redoutoit Orosmane, et s'en vouloit défaire,
Luy donnant ses habits pendant l'obscurité,
L'avoit heureusement remis en liberté,
Quand son Pere endurcy dans son dessein sinistre,
S'est servy de la main d'un barbare Ministre,
Qui blessant Amintas par ses habits trompé,
Ne l'a point reconnu qu'apres l'avoir frappé.
On sçait de l'assassin, que l'on mene au supplice,
Que Nicanor du crime est autheur et complice.
Et le Prince plaint moins la rigueur de son sort,
Qu'Orosmane repris qu'on destine à la mort.
Nicanorl'a jurée, et sa douleur extrême,
Du funeste accident qu'il a causé luy-mesme,
Le porte à des transports indignes de son rang,
Et déja d'Orosmane il eust versé le sang ;
Mais jusques à son trépas Amintas magnanime,
Retient son cruel Pere, et s'oppose à son crime.

ELISE

Clarice que dis-tu ?

CLARICE

Je dis la vérité.

ELISE

Mon cher Alcandre, helas ! m'est-donc encore osté ;

Mais dis-tu qu'il est pris ?

CLARICE

Sa prise est asseurée.

ELISE

O Ciel ! que tes faveurs sont de peu de durée,

ALCIONNE

Et le Prince, Clarice ?

CLARICE

Il attend le trépas.

ELISE

Ha ! ma sœur mon Alcandre !

ALCIONNE

Ha ! ma sœur Amintas ?

ELISE

Et l'aymiez-vous ?

ALCIONNE

Helas ! n'estoit-il pas aymable ?
Oüy ma sœur, je l'aymois ce Prince miserable.
J'ay souffert des le temps qu'il entra dans vos fers,
Les mesmes maux pour luy qu'il a pour vous souffers.
Mais, ô ma chere sœur, comme vous desolée,
Et plus que vous d'ennuis, et de maux accablée,
Les vostres par les miens se pourroient augmenter.
Que le Ciel cesse enfin de vous persecuter,
Et qu'à vous favorable, autant qu'à moy contraire,
Il conserve à vos feux vostre aymable Corsaire.
Conduy-moy donc Clarice, où je vais faire voir,

Ce que peut sur mon cœur un juste desespoir.

LICAS

Allons, allons, ma sœur, par nos morts genereuses,
Rendre illustres les feux de deux sœurs malheureuses.

(ALCIONNE sort.)

Scène III

NICANOR, ELISE, Gardes.

NICANOR

Où courez-vous, Princesse ? arrestez un moment.
Le pirate est repris, et gardé seurement,
Et s'il faut que mon fils meure de ses blessures,
Il mourra le Barbare apres mille tortures,
A ce discours je voy vostre teint se changer,
Il court pourtant encore un plus pressant danger.
Si Paphos qu'on assiege, est enfin emportée,
La vie au prisonnier sera bientost ostée.
Ny vous qui le sauviez, ny mon fils qui m'est cher,
Ny nul autre icy bas ne pourroit l'empecher.
Son mestier de voleur laisse un grand privilege,
Aux Princes qui l'ont pris, et pourtant qu'il assiege,
Et l'on peut bien punir un Corsaire, ô Cieux !
Sans attirer sur soy la cholere des Dieux ;
Mais par mon fils sauvé, par Paphos délivrée,
Sa mort est seulement pour un temps differée,
Si ne s'opposant plus au bonheur d'un Rival,
Il ne consent sans feinte à cét Himen fatal,

Qui rend mon fils heureux en possedant Elise,
Autrement contre luy toute chose est permise.
Tandis qu'à ce party vous le disposerez ;
Car Licas vous l'amene, et vous luy parlerez,
Je cours où de Paphos la défence m'appelle,
Gardes, suivez mon ordre, et qu'on me soit fidelle.

Scène IV

ELISE

Va Tyran ! n'attens pas d'Orosmane et de moy,
Que la crainte nous rende aussi lâches que toy,
Dieux ! qui de Nicanor souffrant les injustices,
Semblez ses protecteurs, ou plustost ses complices,
Par de rares vertus estre semblable à vous,
Est-ce donc s'attirer vostre injuste courroux ?
Est-ce avoir merité vostre haine mortelle,
Que de m'avoir aymée et de m'estre fidelle ?
O Prince ! qui sans moy serois moins malheureux ;
A quoy donc nous reserve un destin rigoureux ?
Et d'un heureux moment de joye inesperée,
D'un espoir aussi vain que de peu de durée,
A-t'il voulu flatter ceux qu'il vouloit punir ;
Mon cher Alcandre enfin, qu'allons-nous devenir.

Scène V

OROSMANE, ELISE.

OROSMANE

Il veut unir, Madame, un Amant temeraire,
Un insensé, qui crût meriter de vous plaire ;
Dont la vie est funeste au bonheur de vos jours.
Mais finit-il des miens le long et triste cours,
Puis que nos ennemis souffrent que je vous voye ?
Tout rigoureux qu'ils sont ils me comblent de joye.

ELISE

Que tu les connois mal, ces communs ennemis,
Quand tu leur sçais bon gré de ce qu'ils t'ont permis.
La faveur dont tu crois leur estre redevable,
De leurs méchancetez est la plus redoutable,
Et tu le vas bien voir par les rudes effets
Des maux qu'elle va joindre aux maux qu'on nous a faits.
Te le diray-je ? on veut qu'Orosmane choisisse,
Où d'estre sans Elise, ou d'aller au supplice ;
On me donne à choisir, ou d'aimer Amintas,
Que je ne puis aimer, ou de voir ton trépas.
Laisseray-je perir un Amant que j'adore ?
Feray-je mon espoux d'un Prince que j'abhorre
Parle, ouvre-moy ton cœur, et sans dissimuler,
Fay voir à mon amour où le tien peut aller.
Choisis sans hesiter de la vie, ou d'Elise ;
A ton choix, quel qu'il soit, elle sera soûmise.
Si ton ame s'estonne et redoute la mort,
Quand le Prince qui m'ayme, et que je hay si fort,
Des monstres plus affreux seroit le plus horrible,
J'en feray mon époux, pour toy tout m'est possible ;
Mais si ton cœur fidelle et transporté d'amour,

Peut mépriser pour moy la lumiere du jour,
Il n'est humain pouvoir qui sur mon ame obtienne,
Que ma fidelité ne réponde à la tienne.
Non pas mesme les Dieux me pourroient empescher,
De joindre apres ta mort ce que j'eus de plus cher ;
Et je ferois bien plus, ô malheureux Alcandre !
Si l'on pouvoit pour toy davantage entreprendre.
Fay, Fay donc nos Destins, ils dépendent de toy,
Fay nous mourir ensemble, ou vis heureux sans moy.

OROSMANE

C'est m'offencer, Madame, et s'est mal me connoistre,
Mal juger d'un amour que vous avez fait naistre,
Que me donner le choix de la vie ou de vous,
En pouvez-vous douter sans haine et sans courroux ?
Et quand bien je serois, un ingrat, un parjure ;
Auriez-vous deu me faire une plus grande injure ?
Helas ! s'il ne falloit pour augmenter vos jours,
Ou pour les rendre heureux en leur tranquille cours,
Que souffrir qu'un Rival obtinst vostre Himenée,
Vous m'en verriez haster la cruelle journée ;
Et s'il manquoit ma vie à cét Himen fatal,
Je l'offrirois moy-mesme à cet heureux Rival.
Mais que pour la sauver, vous me soyez ravie ?
Quel remede, grands Dieux ! pour asseurer ma vie !
Et qu'il la raviroit bien plus cruellement,
A vostre inconsolable et malheureux Amant,
Que ne feroit jamais en sa plus grande rage,
Du cruel Nicanor le barbare courage.

ELISE

Mourons donc, cher Alcandre, et ne resistons plus
A l'injuste pouvoir des Destins absolus.

OROSMANE

Un malheureux, qu'opprime une indigne fortune,
Vous ayme, et souffrira qu'elle vous soit commune ;
Un Prince trop heureux d'avoir porté vos fers,
Et trop recompensé des maux qu'il a soufferts,
Pour peu qu'en ses malheurs vous preniez part encore,
Verra mourir pour luy la beauté qu'il adore ?
O Dieux ! ce seul penser dans l'esprit d'un Amant,
Est son plus veritable, et plus cruel tourment.
Songez, songez, Princesse à mes maux trop sensible,
Que vostre mort rendroit la mienne plus horrible,
Et songez que mourant et pour vous, et sans vous,
Le plus cruel trépas me peut devenir doux.
Et qui sçait si le Ciel sur ma funeste vie,
N'a pas toute son ire, et sa rage assouvie,
Et qu'ayant sur ma teste épuisé ses rigueurs,
Il n'ait gardé pour vous ses plus rares faveurs :
Vos celestes beautez par les Dieux achevées,
A de meilleurs Destins sont par eux reservées,
Et s'ils ont le pouvoir d'exempter du Tombeau,
Qui seroit-ce, que vous, leur ouvrage plus beau ;
Vivez, vivez heureuse, et qu'un Prince fidelle,
Avec plus de merite, et non pas tant de zele,
Succede en vostre cœur au malheureux Amant,
Qui ne vous fut jamais qu'un sujet de tourment,
Et qui ne peut avoir de fin plus glorieuse,
Que de perdre pour vous une vie ennuyeuse.

ELISE

Et moy pourroy-je avoir de plus honteuse fin,
Que de survivre ingrate, à ton triste Destin ?
Mais comment oses-tu me proposer de vivre ;
Me donner des conseils que tu ne veux pas suivre ;
Cesse Prince cruel ! cesse de m'attendrir ;
Ne me rends point la mort difficile à souffrir ;
Laisse-moy partager la gloire de la tienne ;

Songe que mes malheurs finiront par la mienne,
Et songe que l'amour n'en a point de plus grand,
Que d'aymer, d'estre aymée, et de perdre un Amant.
Mais où court, et que veut Clarice épouvantée ;

Scène VI

CLARICE, ELISE, OROSMANE.

CLARICE
Le Ciel nous abandonne, et la Ville emportée,
Est le triste butin de l'avare estranger,
Vous n'estes pas vous-même hors du commun danger,
Dans le Palais tout manque, et le Soldat barbare,
Dé-ja pour le forcer ses machines prépare.

ELISE
Helas ! au bruit confus que j'entends augmenter,
De ce premier malheur il ne faut plus douter.

OROSMANE
Vous n'avez rien à craindre où je seray, Madame.

ELISE
Que tu me connois mal, si tu crois que mon ame,
Dans le peril s'estonne, et mesme aupres de toy ;
Mais on peut pour autruy craindre plus que pour soy.
Si tu m'aymes cher Prince, Amintas, et son Pere,
Quoy qu'indignes objets de ta juste cholere,
Connoistront…

OROSMANE

Jugez mieux d'un cœur où vous regnez,
Et qui n'a d'ennemis que ceux que vous craignez,
Nicanor et son fils vivront.

Scène VII

ARGANTE, OROSMANE, ELISE, CLARICE, CORSAIRES.

ARGANTE

Que la licence
Ne vous emporte pas à la moindre insolence.
Soldats, cherchons par tout nostre invincible Roy ;
Mais nos vœux sont oüis, et c'est luy que je voy.
Cher Seigneur, que le Ciel à la fin nous renvoye.

OROSMANE

Suspendons mes amis nostre commune joye,

ARGANTE

Grand Prince !

OROSMANE

Cher Argante, il faut sans differer,
Empescher le desordre.

ARGANTE

Il faut donc vous montrer
Sebaste en vain l'essaye, et tel excez de rage,
Des plus sages Soldats maistrise le courage,
Qu'il est à redouter, que l'incendie enfin,

N'acheve de Paphos le malheureux Destin.

ELISE

O ! quel malheur.

OROSMANE

Allons Argante, allons sans cesse,
Mourir, ou contenter ma divine Princesse.

Scène VIII

CLARICE, ELISE.

CLARICE

Le plus grand, le plus fier de tous vos ennemis,
Est donc ainsi Madame, à vos ordres soûmis ?

ELISE

Prepare toy, Clarice, à voir d'autres merveilles,
Qui surprendront bien plus les yeux et les oreilles.
Cypre ne verra plus la fille de ses Roys,
Redouter des Tyrans, et gemir sous leurs loix,
Ma puissance en ces lieux ne sera plus bornée,
Et j'y disposeray de mon libre Himenée ;
Mais que voy-je, grands Dieux ?

Scène IX

NICANOR, ELISE.

NICANOR

Le Ciel me venge enfin,
Et met entre mes mains ta vie et ton Destin.
Des-honneur de ton sang, Peste de ta Patrie,
De mon lâche Amintas la basse idolatrie,
Ne s'opposera plus à ma juste fureur,
Et je te confondray dans mon dernier malheur.

ELISE

Acheve ! est-ce à moy, lâche, à t'en donner l'audace,
Qu'attends-tu ! que mon cœur s'effraye à ta menace ?
Il est trop dés long-temps aux maux accoustumé,
Pour avoir peur de toy, ny de ton bras armé,
Frappe-donc, vieux Tyran, immole ta victime ;
Haste les chastimens que merite ton crime.
Sois ingrat à ton frere, et perfide à ton Roy,
Sois Nicanor enfin ; mais méchant, haste-toy ;
D'un vengeur offencé crains la juste cholere.

NICANOR

Qu'il vienne à ton secours, qu'il vienne ton Corsaire,
Il ne manque plus rien à mon ressentiment,
Que de t'oster la vie aux yeux de cét Amant.
Il te verra perir au plus fort de ta joye.
Mon ame à ce penser dans le plaisir se noye,
Et si j'ay differé de te faire mourir,
C'est pour plaire à ma haine, et te faire souffrir.

ELISE

Et moy pour te parler dans la mesme franchise,

Je te hay beaucoup moins que je ne te méprise.

NICANOR
Amante d'un Pirate, apres ta lâcheté,
Peus-tu parler encore avec tant de fierté ;

ELISE
Hé ! qu'estoit donc tantost la tienne devenuë,
Quand tu gardois Paphos, et que tu l'as perduë ?
Que faisoit ta valeur dans les murs de Paphos,
Quand des Soldats sans Chef t'ont fait tourner le dos.

Scène X

OROSMANE, ELISE, NICANOR, SEBASTE, CORSAIRES.

OROSMANE
Il nous a prevenus, ô Dieux !

ELISE
Helas ! Alcandre,
Ta valeur desormais ne peut plus me deffendre ;
Mais punis un Tyran, quoy qu'il puisse arriver ;
Prefere ma vengeance au soin de me sauver.

OROSMANE
Tigre affamé de sang, que pense-tu donc faire ;

NICANOR
Me venger d'une ingrate, en dépit d'un Corsaire,

OROSMANE

Verser le sang d'Elise ?

NICANOR

Arreste, ou tu feras,
De cette chere Elise, avancer le trépas.
Arreste, dis-je, et voy cette main toute preste,
A troubler par sa mort l'aise de ta conqueste.
Tremble, songeant au sang que ce fer va verser.
Si tu veux qu'elle vive, il y faut renoncer ;
Il faut quitter la Cypre, et loin de cette terre,
Aller porter ailleurs tes crimes, et la guerre.

OROSMANE

Hé ! n'es-tu point touché de cette objet charmant ;
Barbare !

NICANOR

Ha ! je suis sourd aux plaintes d'un Amant.
Prens party si tu veux.

OROSMANE

En puis-je prendre un autre,
Que de sauver sa vie, et de perdre la nostre ?

ELISE

Garde-t'en bien, Alcandre, et que par mon danger,
Ton cœur plustost s'irrite, et songe à me venger.

OROSMANE

Helas ! il est trop tard, ma divine Princesse.
En vain, mon triste cœur me conseilloit sans cesse,
De ne la point quitter ; mon respect m'a trahy,
Et je suis malheureux pour avoir obey ;
Mais pouvant la sauver par un trépas funeste,

Hastons-nous de joüir du seul bien qui nous reste.
Prens ce fer, cruel Prince ! et Maistre de mon sort,
Sauve ma chere Elise, et me donne la mort.

SEBASTE, *à l'oreille d'Orosmane.*

Seigneur ?…

NICANOR

Et d'où luy vient cette fatale épée ?

SEBASTE

Tant plus à l'observer ma veuë est occupée,
Tant plus je m'y confirme, et je le reconnois.
Nicanor ! connois-tu mon visage et ma voix ?

NICANOR

Et serois-tu Sebaste ?

SEBASTE

O l'heureuse journée !
Que je revoy l'Espoux d'Aminte infortunée.
Voy ton fils Nicanor ; mais qu'un bizarre sort,
Obligea plusieurs fois à souhaitter ta mort.
Il fut ce vaillant Roy qu'a refusé pour Gendre,
Et qu'a depuis destruit l'ambitieux Pisandre,
Il est fils de la jeune, et charmante beauté,
Que quitta sans sujet ton infidelité.

NICANOR

Hélas ! je la quittay : mais sans estre infidelle,
Et sans les longs malheurs d'une prison cruelle,
Le courroux de son Pere, ou la peur du trépas,
N'eussent peu m'empescher de revoir ses appas.
Mais seroit-il mon fils, ce Corsaire invincible ?
Et croyray-je qu'Aminte à l'oubly trop sensible,

Ait pû si tost changer en dédains rigoureux,
Les terribles sentimens de son cœur amoureux ?
Me derober un fils si grand par son merite,
Qu'il semble que la terre est pour luy trop petite ;
Pourquoy me le ravir apres l'avoir donné ?
Pourquoy laisser sans Pere un fils infortuné ?
Le crime se doit-il punir sur l'innocence ;
De combien d'actions pleines de violence,
Noircit-elle mon nom par cette longue erreur,
Et doit-on croire ainsi son aveugle fureur ?

SEBASTE

Dequoy me serviroit une pareille feinte ?
Dequoy me serviroit elle, au vaillant fils d'Aminte ?
En l'avoüant pour fils qui gagne plus que toy.
Et n'as que trop douté, croy moy Prince, croy moy.

AMINTAS *à part.*

Il est vray que je trouve en ce noble visage,
De la Reyne et de moy, la ressemblante image,
O son fils ! ô le mien ! car je n'en doute plus,
Pardonne genereux à ton Pere confus,
Qui t'a long-temps haï sous le nom d'un Corsaire,
Et fait gloire aujourd'huy d'estre connu ton Pere,
Approche toy de moy sans haine, et sans courroux.
Viens dans mes bras, mon fils.

OROSMANE

Ou plustost qu'à genoux,
J'obtienne le pardon d'une aveugle ignorance…

NICANOR

Il ne faut plus songer qu'à la réjoüissance ;
Et vous, ô belle Elise, oubliez le passé ;
Excusez les transports d'un courroux insensé,

Agréez un époux qu'un ennemy vous donne,
Et que mon Amintas soit celuy d'Alcionne.
Mais, Helas ! sa blesseure au fort de mes plaisirs.
Fait sortir de mon cœur d'inutiles soûpirs.

OROSMANE

Si je perdois ainsi ce frere incomparable,
Mon ame de sa mort seroit inconsolable.

ELISE

Les Dieux nous traiteront plus favorablement ;
Mais il faut l'informer de l'heureux changement,
Qui donne à cét Estat une face nouvelle.

NICANOR

Allons tous luy porter cette grande nouvelle.
Differons le recit de ma funeste amour,
Et que Cypre à jamais celebre l'heureux jour,
Qui donne un Pere au fils, rend le fils à son Pere,
Et finit les malheurs d'un grand Prince Corsaire.

Fin du Prince Corsaire.